It's Raining Elephants

MARTA & ICH

Atlantis

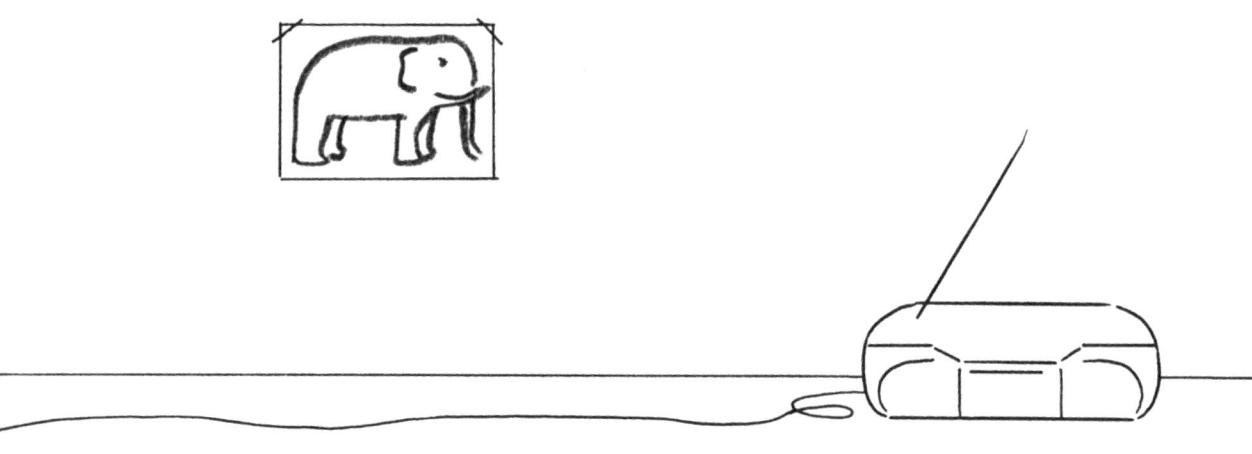

Marta zeichnet immer und überall.

Kürzlich zeichnete sie einen Katzenhai, einen Brillenbär und ein paar andere Ungeheuer.

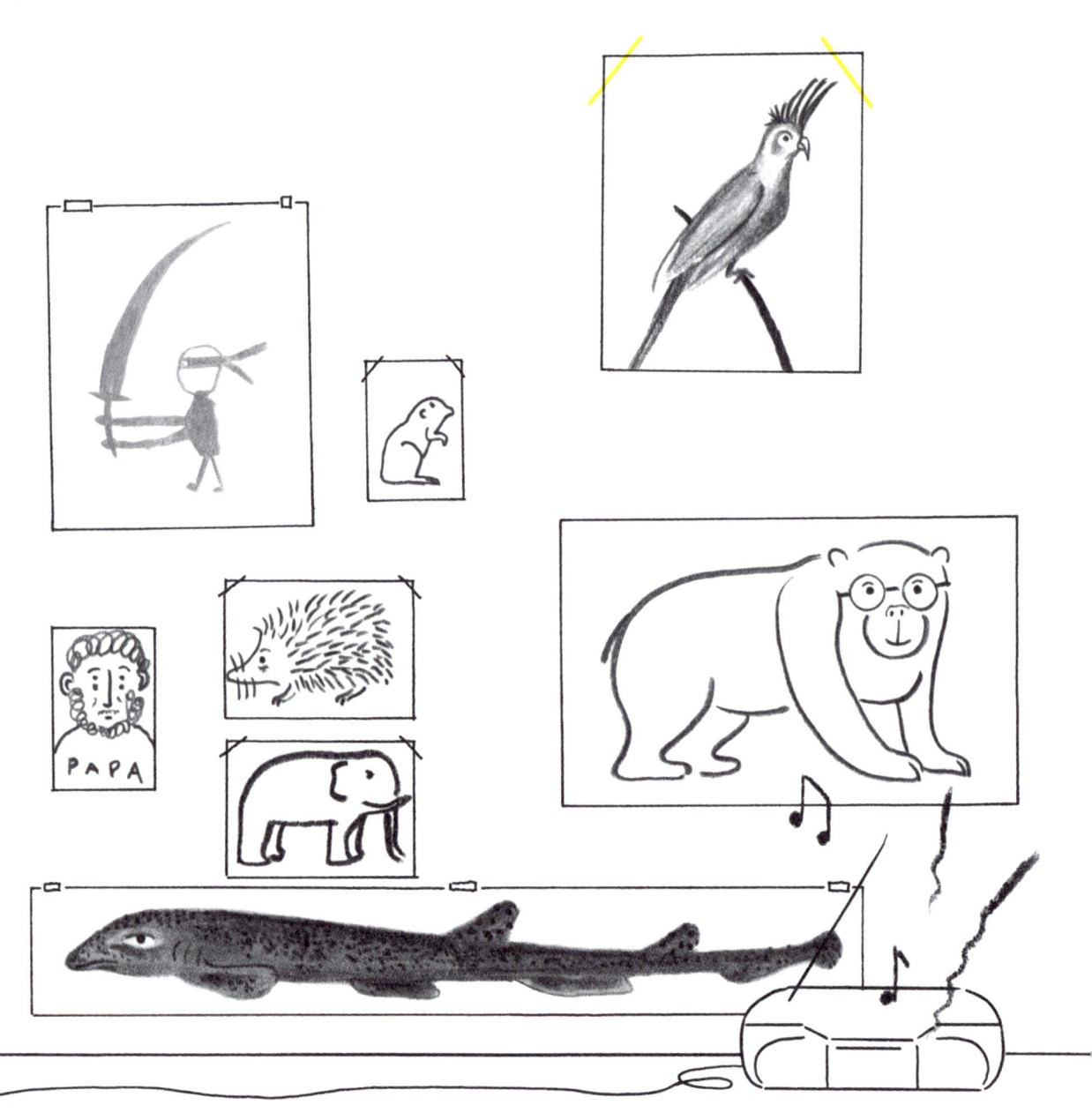

**Dann nahm sie ein riesiges Blatt Papier,
einen großen Pinsel und ...**

PAPA

...voilà! Hier war ich.

Ich sagte: Bonjour Madame, gestatten Sie?

Marta zeigte mir ihre Krallen und knurrte.

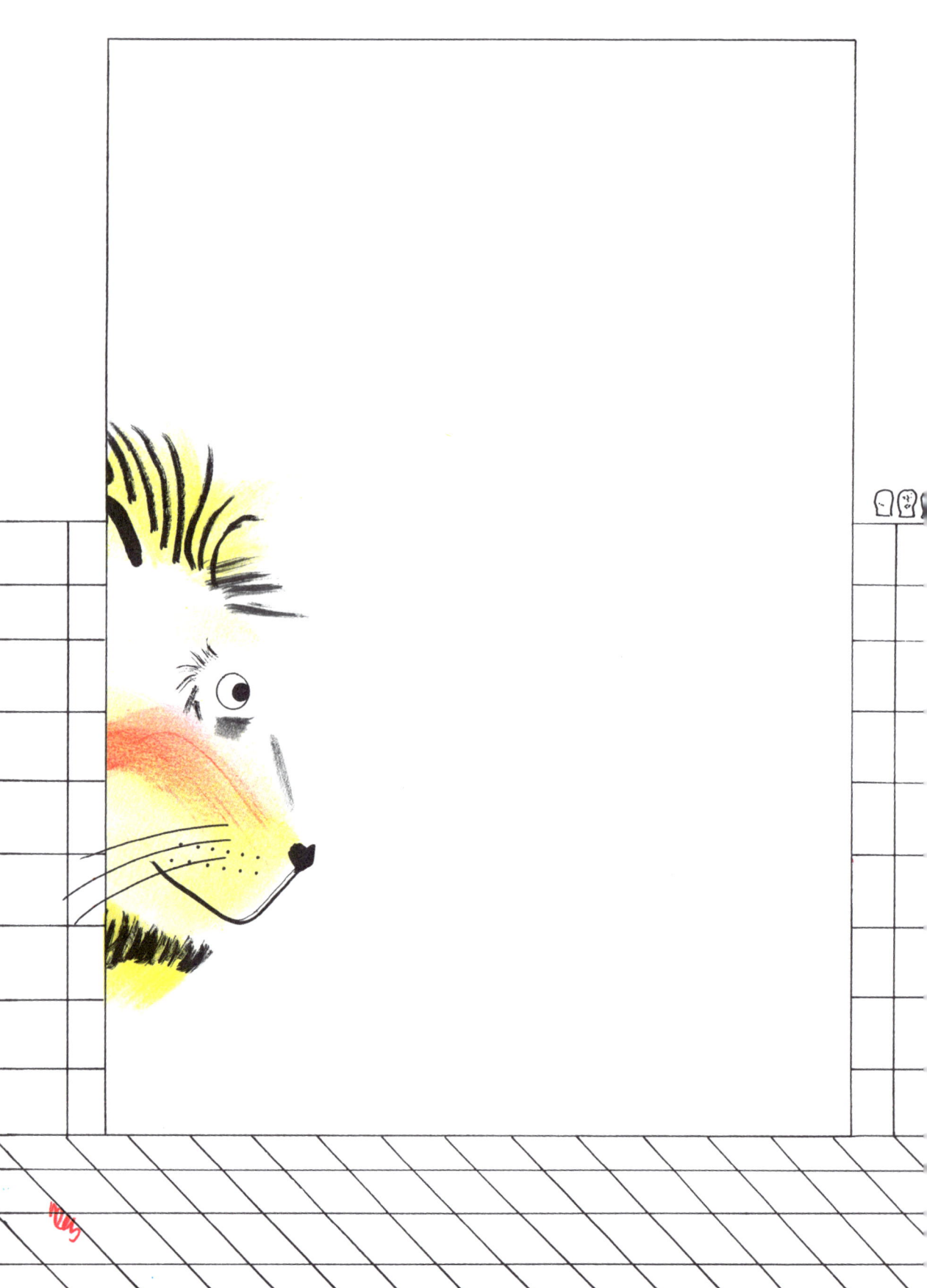

Von da an folgte ich ihr auf Schritt und Tritt.

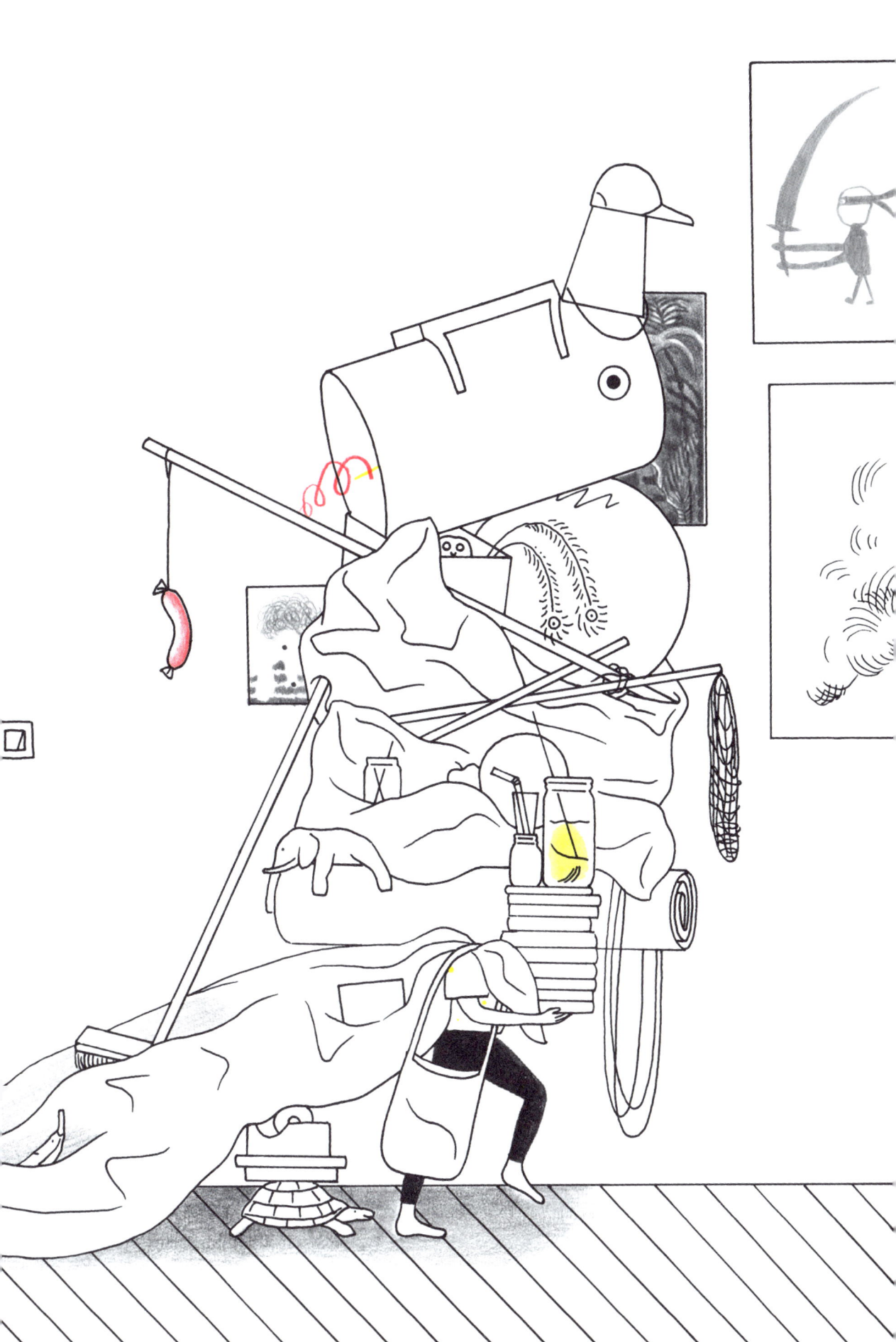

Gibt es hier etwas zu knabbern?, fragte ich.

Marta antwortete nicht, rumorte aber
wie ein wildes Tier.

Es roch köstlich!

Ich konnte nicht mehr warten und kitzelte Marta an den Füßen.

Da packte mich Marta und nahm mich mit
auf eine Reise.

Wir hörten die Wellen rauschen
und rochen das Meer.

Die Möwen kreischten, und der Wind pfiff uns um die Ohren.

Dann wurde es still.

Wir schaukelten den ganzen Nachmittag.

Plötzlich rief Marta: Land in Sicht!

Kaum waren wir an Land, jagte ich Möwen,
und Marta fing einen Leopardenfrosch.

Wir spielten Verstecken im tiefsten Dickicht.

Dann hatten wir Lust auf eine Wasserschlacht.

Wir spritzten, sauten und matschten alles voll.

...ich wollte Marta fressen!

Aber nur zum Spaß!

Das gab richtig Ärger.

Marta sprach kein Wort mehr mit mir.

Ich sagte auch nichts, aber mein Magen
knurrte noch immer.

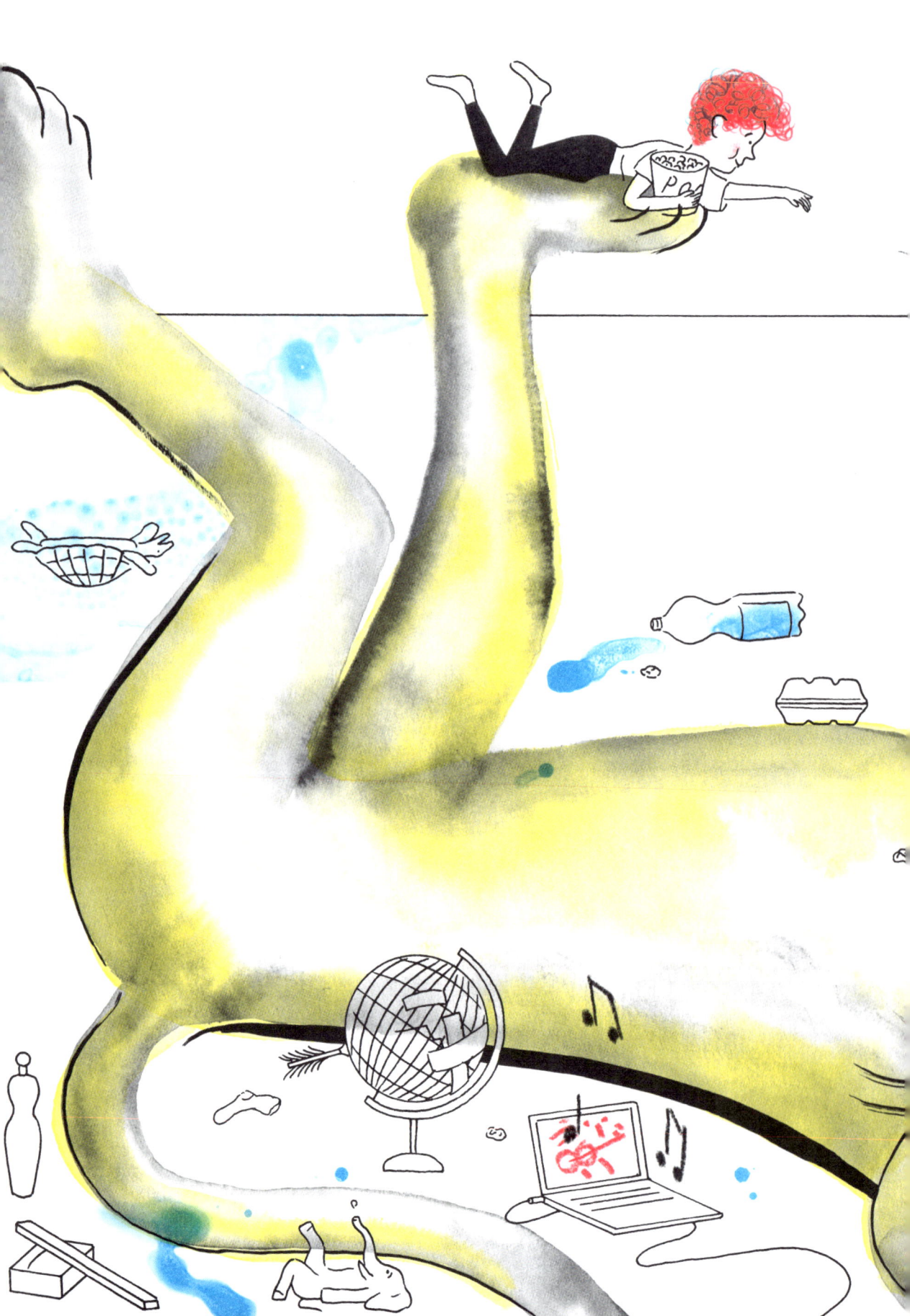

Zum Glück gab es eine Kleinigkeit zu futtern, und im Radio lief mein Lieblingslied ›Tutti frutti‹.

Wir turnten und tanzten, bis die Nachbarn an die Wand klopften.

Hals über Kopf brachen wir wieder auf.

Im stinkenden Taxi steckten wir fest.

Im Park jedoch duftete es nach Kaninchenkeule, Hotdog und Himbeereis.

Herrlich! Es roch wie zu Hause.

Ich war nicht mehr zu bremsen.

Und Marta?

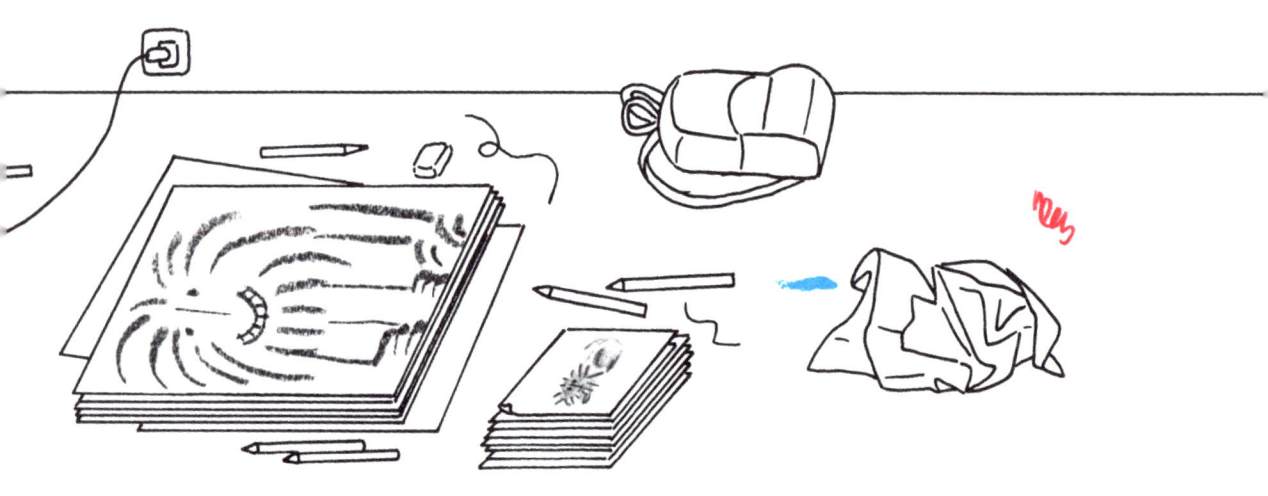

Das ist nun schon eine ganze Weile her.

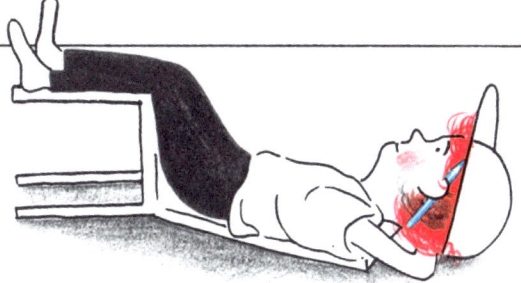

Ich habe Marta nie mehr gesehen.

Doch kürzlich bekam ich ein Paket von ihr.

Rate mal, was drin war!

Ein feiner Kuchen, ein neuer Stift und
Martas lustiges Gesicht.

Text und Illustration: It's Raining Elephants
Nina Wehrle und Evelyne Laube
Marta & ich

Copyright der deutschsprachigen Lizenzausgabe
© 2017 Atlantis Verlag,
an imprint of Orell Füssli Verlag AG, Switzerland
www.atlantis-verlag.ch

ISBN 978-3-7152-0730-8
1. Auflage 2017

Titel der französischen Originalausgabe:
Marta & moi
© 2017 Editions Notari, Geneva, Switzerland
Published in agreement with Phileas Fogg Agency

Deutsche Textfassung: It's Raining Elephants
www.itsrainingelephants.ch

Grafik: André Meier und Franziska Kolb
Schrift: gesetzt aus Circular Medium
Papier: Magno Natural 170 gm²
Gedruckt mit hochwertigen Echtfarben
Druck und Bindung: Grafiche AZ, Italy

Dank an:
Alice, Anke, Arne, Bernd, Bettina, Birgit, Charles,
Ellen, Evelyne, Jeroen, Jul, Jutta, Kathrin,
Katharina, Karin, Laura, Luca, Matthias, Paola,
Robi und Yolanda.

für Cristóbal León